哈啦陽光山丘

Gill Davies

三民書局

Snooze and Snore   ISBN 1 85854 663 X

Written by Gill Davies and illustrated by Eric Kincaid

First published in 1998

Under the title Snooze and Snore

by Brimax Books Limited

4/5 Studlands Park Ind. Estate,

Newmarket, Suffolk, CB8 7AU

滴滴、答答和多多

Dibble, Dab and Dot

splashy [`splæʃɪ]
形 嘩啦嘩啦的

wind [waɪnd]
動 蜿蜒

meadow [`mɛdo]
名 草地

A lovely, **splashy** stream **winds** through the **meadow** at the bottom of Sunshine Hill.

一條可愛的小溪嘩啦嘩啦，蜿蜒流過陽光山丘山腳下的草地。

2

This is where Dibble, Dab and Dot the ducklings come out to play each day.

這就是小鴨子滴滴、答答和多多每天玩耍的地方。

bossy [ˋbɔsɪ]
形 愛發號施令的

loud [laud]
形 大聲的

tell [tɛl]
動 命令；告訴

sister [ˋsɪstɚ]
名 姊，妹

Dibble is **bossy**. He quacks the **loudest** and always **tells** his **sisters** what to do.

滴ㄉㄧ滴ㄉㄧ愛ㄞˋ發ㄈㄚ號ㄏㄠˋ施ㄕ令ㄌㄧㄥˋ，他ㄊㄚ的ㄉㄜ叫ㄐㄧㄠˋ聲ㄕㄥ也ㄧㄝˇ最ㄗㄨㄟˋ大ㄉㄚˋ，總ㄗㄨㄥˇ是ㄕˋ命ㄇㄧㄥˋ令ㄌㄧㄥˋ他ㄊㄚ的ㄉㄜ姊ㄐㄧㄝˇ姊ㄐㄧㄝˇ妹ㄇㄟˋ妹ㄇㄟˋ做ㄗㄨㄛˋ這ㄓㄜˋ個ㄍㄜˋ做ㄗㄨㄛˋ那ㄋㄚˋ個ㄍㄜˋ。

Today he says, "Mr Rags needs a new hat. Shall
we make one for him?"

今天他就說了：「瑞格斯先生需要一頂新帽子，
我們做一頂給他，好不好？」

think [θɪŋk]
動 想

hard [hard]
副 拼命地

idea [aɪˋdɪə]
名 點子，主意

"How?" say Dab and Dot. Dibble **thinks hard**. "I have an **idea**," he quacks.

「怎ㄗㄣˇ麼ㄇㄜ˙做ㄗㄨㄛˋ呢ㄋㄜ˙？」答ㄉㄚ答ㄉㄚ和ㄏㄢˋ多ㄉㄨㄛ多ㄉㄨㄛ問ㄨㄣˋ。滴ㄉㄧ滴ㄉㄧ努ㄋㄨˇ力ㄌㄧˋ地ㄉㄜ˙想ㄒㄧㄤˇ了ㄌㄜ˙想ㄒㄧㄤˇ。「我ㄨㄛˇ有ㄧㄡˇ辦ㄅㄢˋ法ㄈㄚˇ了ㄌㄜ˙。」他ㄊㄚ呱ㄍㄨㄚ呱ㄍㄨㄚ叫ㄐㄧㄠˋ著ㄓㄜ˙說ㄕㄨㄛ。

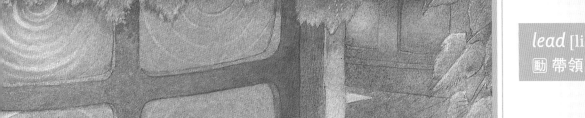

He **leads** his sisters out of the stream and over to Mr Otter's store.

於是他領著姊姊妹妹，從小溪往水獺先生的店舖走去。

7

buy [baɪ]
動 買

bright [braɪt]
形 顏色鮮明的

sticky [ˋstɪkɪ]
形 黏的

They **buy** some **bright** paper and string and
sticky tape.

他ㄊㄚ們ㄇㄣ買ㄇㄞ了ㄌㄜ一ㄧ些ㄒㄧㄝ亮ㄌㄧㄤ光ㄍㄨㄤ紙ㄓ、繩ㄕㄥ子ㄗ和ㄏㄢ膠ㄐㄧㄠ帶ㄉㄞ。

The ducklings waddle back to the bank and settle down to make the hat.

小鴨子們搖搖擺擺地走回岸邊，開始做起帽子。

difficult
[ˋdɪfəˌkʌlt]
形 困難的

stick [stɪk]
動 黏住

beak [bik]
名 鳥嘴

wrap [ræp]
動 纏住

It is **difficult**. The tape **sticks** to their **beaks** and the string **wraps** around their feet.

但是，這好困難喲！他們的嘴被膠帶黏住，腳也被繩子團團纏住。

10

wet [wɛt]
勔 溼的

tear [tɛr]
勔 撕破

hopeless
[`hoplɪs]
形 沒希望的

Then it rains. The paper gets **wet** and **tears**.
"This is **hopeless**," cry Dab and Dot.

接著下起雨來。紙被淋溼弄破了。「這下沒希望了。」答答和多多大叫。

11

visit [`vɪzɪt]
動 拜訪

"I have an idea," says Dibble. "Let's **visit** Mrs Mouse. She will help us."

「我ㄨㄛˇ有ㄧㄡˇ個ㄍㄜˋ主ㄓㄨˇ意ㄧˋ，」滴ㄉㄧ滴ㄉㄧ說ㄕㄨㄛ，「我ㄨㄛˇ們ㄇㄣˊ去ㄑㄩˋ找ㄓㄠˇ老ㄌㄠˇ鼠ㄕㄨˇ太ㄊㄞˋ太ㄊㄞˋ！她ㄊㄚ可ㄎㄜˇ以ㄧˇ幫ㄅㄤ助ㄓㄨˋ我ㄨㄛˇ們ㄇㄣˊ。」

The mouse family are keeping dry inside Moss Hollow.

老鼠一家正在青苔洞裡等雨停。

"Come in out of the rain," says Mrs Mouse.
"What can I do for you?"

「進ㄐㄧㄣˋ來ㄌㄞˊ躲ㄉㄨㄛˇ雨ㄩˇ吧ㄅㄚ！」老ㄌㄠˇ鼠ㄕㄨˇ太ㄊㄞˋ太ㄊㄞˋ說ㄕㄨㄛ。「有ㄧㄡˇ什ㄕㄜˊ麼ㄇㄜ˙事ㄕˋ要ㄧㄠˋ我ㄨㄛˇ幫ㄅㄤ忙ㄇㄤˊ的ㄉㄜ˙嗎ㄇㄚ？」

ibble says, "We want to make Mr Rags a new hat, but I think we need your help."

滴ㄉ一滴ㄉ一說ㄕㄨㄛ：「我ㄨㄛˇ們ㄇㄣˊ想ㄒㄧㄤˇ給ㄍㄟˇ瑞ㄖㄨㄟˋ格ㄍㄜˊ斯ㄙ先ㄒㄧㄢ生ㄕㄥ做ㄗㄨㄛˋ一ㄧˋ頂ㄉㄧㄥˇ新ㄒㄧㄣ帽ㄇㄠˋ子ㄗ。可ㄎㄜˇ是ㄕˋ我ㄨㄛˇ們ㄇㄣ需ㄒㄩ要ㄧㄠˋ妳ㄋㄧˇ的ㄉㄜ幫ㄅㄤ忙ㄇㄤˊ。」

"I was going to give Mr Rags my old hat, but making one will be much more **fun**."

「我正打算把我的舊帽子送給瑞格斯先生呢！不過做一頂新帽子會有趣多了！」

16

cut [kʌt]
動 剪

shape [ʃep]
名 形狀

felt [fɛlt]
名 毛氈

Mrs Mouse helps the ducklings and her twins
cut out some **shapes** from **felt**.

老ㄌㄠˇ鼠ㄕㄨˇ太ㄊㄞˋ太ㄊㄞˋ幫ㄅㄤ小ㄒㄧㄠˇ鴨ㄧㄚ子ㄗˇ和ㄏㄜˊ她ㄊㄚ的ㄉㄜ˙雙ㄕㄨㄤ胞ㄅㄠ胎ㄊㄞ從ㄘㄨㄥˊ毛ㄇㄠˊ氈ㄓㄢ上ㄕㄤˋ剪ㄐㄧㄢˇ下ㄒㄧㄚˋ一ㄧˋ些ㄒㄧㄝ形ㄒㄧㄥˊ狀ㄓㄨㄤˋ。

sewing [`soɪŋ]
名 縫紉

machine [mə`ʃin]
名 機器

smart [smart]
名 漂亮的

feather [`fɛðɚ]
名 羽毛

She sits at her **sewing machine** and makes a **smart**, new hat. Then they all stick the shapes on and put a **feather** on the top.

然後她坐上縫紉機，做了一頂漂亮的新帽子。接著他們把這些形狀全黏貼上去，還在頂端插上一根羽毛。

The rain **stops**. They take the hat to Mr Rags. He **smiles** and says, "It is **just** what I wanted. Thank you."

雨ㄩˇ停ㄊㄧㄥˊ了ㄌㄜ˙。他ㄊㄚ們ㄇㄣˊ把ㄅㄚˇ帽ㄇㄠˋ子ㄗ˙拿ㄋㄚˊ給ㄍㄟˇ瑞ㄖㄨㄟˋ格ㄍㄜˊ斯ㄙ先ㄒㄧㄢ生ㄕㄥ。他ㄊㄚ微ㄨㄟˊ笑ㄒㄧㄠˋ地ㄉㄧˋ說ㄕㄨㄛ:「這ㄓㄜˋ正ㄓㄥˋ是ㄕˋ我ㄨㄛˇ想ㄒㄧㄤˇ要ㄧㄠˋ的ㄉㄜ˙東ㄉㄨㄥ西ㄒㄧ呢ㄋㄜ˙!謝ㄒㄧㄝˋ謝ㄒㄧㄝˋ你ㄋㄧˇ們ㄇㄣˊ!」

救難小福星

Heather S Buchanan著　本局編輯部編譯

15×16cm／精裝／6冊

在金鳳花地這個地方，住著六個好朋友：兔子魯波、蝙蝠貝索、老鼠妙莉、
鼴鼠莫力、松鼠史康波、刺蝟韓莉，
他們遇上了什麼麻煩事？要如何解決難題呢？
好多好多精采有趣的歷險記，還有甜蜜溫馨的小插曲，
就讓這六隻可愛的小動物來告訴你吧！

 魯波的超級生日

 貝索的紅睡襪

 妙莉的大逃亡

 莫力的大災難

 史康波的披薩

 韓莉的感冒

老鼠妙莉被困在牛奶瓶了！糟糕的是，她只能在瓶
子裡，看著朋友一個個經過卻沒發現她。有誰會來
救她呢？
（摘自《妙莉的大逃亡》）

只要你選對了英文辭典
學英文不難

三民皇冠英漢辭典 （革新版）

—— 大學教授一致推薦，最適合中學生的辭典！

- 明顯標示中學生必學的507個單字和最常犯的錯誤，淺顯又易懂！
- 收錄豐富詞條及例句，幫助你輕鬆閱讀課外讀物！
- 詳盡的「參考」及「印象」欄，讓你體會英語的「弦外之音」！

三民精解英漢辭典

—— 一本真正賞心悅目，趣味橫生的英漢辭典！

- 常用基本字彙以較大字體標示，並搭配豐富的使用範例。
- 以五大句型為基礎，讓你更容易活用動詞型態。
- 豐富的漫畫式插圖，讓你輕鬆快樂地學習。

中英對照，既可學英語又可了解偉人小故事哦！

超級科學家系列
SUPER SCIENTISTS

光的顏色
牛頓的故事

爆炸性的發現
諾貝爾的故事

命運的彗星
哈雷的故事

電燈的發明
愛迪生的故事

望遠天際
伽利略的故事

蠶寶寶的祕密
巴斯德的故事

宇宙教授
愛因斯坦的故事

神祕元素
居禮夫人的故事

當彗星掠過哈雷眼前，
當蘋果落在牛頓頭頂，
當電燈泡在愛迪生手中亮起……
一個個求知的心靈與真理所碰撞出的火花，
就是《超級科學家系列》！

神祕元素：居禮夫人的故事
電燈的發明：愛迪生的故事
望遠天際：伽利略的故事
光的顏色：牛頓的故事
爆炸性的發現：諾貝爾的故事
蠶寶寶的祕密：巴斯德的故事
宇宙教授：愛因斯坦的故事
命運的彗星：哈雷的故事

網際網路位址　http://www.sanmin.com.tw

ⓒ 滴滴、答答和多多

著作人　Gill Davies
繪圖者　Eric Kincaid
譯　者　郭雅瑜
發行人　劉振強
著作財
產權人　三民書局股份有限公司
　　　　臺北市復興北路三八六號
發行所　三民書局股份有限公司
　　　　地址／臺北市復興北路三八六號
　　　　電話／二五〇〇六六〇〇
　　　　郵撥／〇〇〇九九九八——五號
印刷所　三民書局股份有限公司
門市部　復北店／臺北市復興北路三八六號
　　　　重南店／臺北市重慶南路一段六十一號
初　版　中華民國八十八年十一月
編　號　S85531
定　價　新臺幣壹佰肆拾元整
行政院新聞局登記證局版臺業字第〇二〇〇號

ISBN　957-14-3074-9 (精裝)